청어詩人選 476

내 안에 피는 꽃

이원우 시집

청어

내 안에 피는 꽃

이원우 시집

시인의 말

아름다운, 활짝 핀
꽃
시들어도 씨나 열매를
맺는 것이니

이른 2025년

차례

2부 송파구 연가

3부 내 안에 피는 꽃

4부 덕산 오일 장날

1부

일상의 길

삶은 바람의 넋
슬플 것도 기쁠 것도 없다
떠돌다 살아질 뿐이다

일상의 길

떠오르는 태양과 속삭임
주고받는 자리에 내가 들어섭니다

빛을 마주 보며
일상을 시작하는 시간

누군가에게 건네는 말이
대답 없는 소리가 되어도
목마름을 달래며
마냥 길을 걷습니다

까치발을 세워 바라보는 세상
하루하루를 걸어가는 하늘 아래
홀로 몸부림쳐보는
낮과 밤

눈이 부시는 일상
내 안에 들어와 환하게 밝혀줍니다

그래서 오늘도 '즐거운 하루'입니다

8자字

놀라운 말
'8'
넘어져도 일어서니
신기하네

하나로 어울려
그대로 살아가니

인생이 본래 그런 것인가
떠돌고 다투다가
잠시 머물다 가는 '8'자
그래서 '팔자'지

오뚜기 이복동생

서러운 9월

9월이 왔다
아스팔트 녹이고 가로수 잎 태우던
눈치 없고 질긴 8월이 가고
9월이 오롯이 왔다

9월에는 꿈만 꾸어야 한다
낮은 돌담에 싸인 초가 두 채
마구간에 살찐 누렁소
해 질 녘 산그늘 내리면
검은 눈 껌뻑이며 울던 음매~
그 긴 울음으로 마감해야 한다

노마딩걸들이 부산히 지하철을 오르내리는
날마다 낯선
이 몰인정한 공화국 시민은
꿈만 꾸어야 한다

9월이 서러운 것은
몽촌토성 위 푸른 하늘 때문이 아니라
새로운 풀밭을 찾아 길을 나서야 하는 노마드 삶 때문이다

철학공부

맨몸으로 와서 맨몸으로 간다
살 만큼 살았으니 비우면 어떤가

알면서도 비우지를 못해
'비우자 또 비우자 지갑도 마음도'
아침마다 외치고 집을 나선다
철학 공부

오르는 기쁨보다
떨어지는 아픔이 더 크다

속임수로 돈을
거짓말로 벼슬을
그러나 기껏 백 년

왜 사람들은 이렇게 쉬운 철학 공부를 하지 않을까

빨래

봄 지나 겨울까지
폭풍 눈보라 속에서

아무런 소리 없이
살아 있어도 숨을 멈추고

남이 매어준 줄에
아슬히 줄타기

태양을 마주하였다가
구름을 바라보며 한숨 내쉰다

입을 벌릴 수 없지만
작은 물방울 얻어 마시고

누군가 널어놓은 시간
두 다리 벌려 하늘 높이 출렁인다

주인은 언제쯤 찾아주려나
목매어 기다리는 매달리기

매달려 사는 세상
매달려도 매달리지 않은 양 사는
네가 진정 자유인

유달산

뱃사람 새벽잠 깨우는
또 다른 하루의 아침

구름무늬 휘감는
유달산 바닷바람
"목포는 항구"라 했던가

비릿한 바다 내음에 취한
고단한 잠
사내 살에 섞고

날마다 도시를 떠나는 바닷새
짝 삼아
네가 가꾼 목포항

오늘은 남지나 해로 가는
뱃고동에 몸이 달았구나
저 시뻘건 저녁놀
너는 바람난 여자

조개껍데기의 비밀

바닷가에 있는
예쁜 조개껍데기를 다 모을 수 없다
단지 몇 개만 모을 뿐이다
진귀한 조개껍데기는 바다의 알
깊은 바다가 다 잡아먹었다
그래서 조개껍데기는 엄마가 없다
바다 알의 새끼인 까닭이다

아무도
이 꼬막의 내력을 모른다

울릉도 물골*

파도가 밀려오고
태양이 용트림하는 바다

화강암 뚫은 가냘픈 물줄기
용왕님 은혜, 겨레의 물골

두 손에 받쳐 들고
한 모금 머금었네

동해 용왕 뜨거운 운기
억겁 세월
여적지 흐르네
여적지 내 가슴 태우네

*물골: 울릉도 화산에서 생긴 샘물

방황

하루 햇살 마주하며

휴대폰 소리에 귀 기울여 보고
문을 수없이 여닫는다

붉은 태양이 서산 저편 나뭇가지에
걸리는 시간

고개 삐죽 내밀고
온종일 기다림에 지친 몸을 가눈다

온 대지가 조용히 검은색으로
요동친다

잠시 숨을 고르며
정처 없는 기다림

그것은
또 하나의 방황

주소이전

쌓인 얘기 학창 시절 동창 모임

흰 머리카락이 억새밭을 이루고

"야 그 친구 소식 들었나
아니 전화를 몇 번 했는데 전화를 안 받더라
그래 나도 전화를 했고 신호는 가는데 반응이 없어"

나는 달포 전 통화를 하였는데…
그 이후
주소를 옮겼다는 이야기를 들었다
사업이 어려워졌나 보구나

잠시 서로 바라보다가
영원히 쉬는 주소라 전화를 못 받았구나

우린 주소이전 하지 말자
그래야 휴대폰 잘 터지지

반려견伴侶犬

오호통재라
막가는 세상이 펼쳐진다
'반려견'
우째 이런 일이
말이나 되는 소린가
개하고 반려가 된다고

개동무, 개아들, 개딸

사람 세상 같지 않은 세상
개가
사람인 세상

세상이 막가는가
내가 막가는가
생각이 막가는가

강정
―자화상

이리저리
조청에 묻혀 한동안 길 잃고
서로 엉키고 엉켜
아우성치는 사이

더덕더덕 묻힌
꿀과 범벅이 되었다

무서운 심판에서
마냥 녹고 녹아
밀리는 몸 부둥켜안고
충남 서산을 떠나
인생무상人生無常 연치되었네

짠하여라
키 크고 싱겁지 않은 사람 없다더니
웃으며 산 반평생
나는
키 큰 속 빈 강정

김치

푸른 이파리
하얀 속살
알몸, 여린 가슴

칼 맞고 쪼개져
소금 통에 처박히고
간 들라치면
항아리행

새콤달콤 익어
살 부비며
나랑 좋아라

가을에서 봄까지 밥상 지켜
씀바귀 냉이에

상차림 넘기고
떠나는

너는 맏형수

반납

그럭저럭 살았어도 이만하면 작은 산 아닌가?
산 아래 무수히 많은 돌멩이
날마다 산 오르던 바람
어데 가고 없지 않은가?

빌딩 못 가졌다고 한탄 마라
그런 인생 한둘인가

모든 것 가진 재벌 총수
숨 쉬는 것도
걸치는 것도
자는 것도
해결 못 할 때가 오리니

그래서 대등하다

넘치는 재물, 권력
손안에 넣은들 소용없다
너도 나도 주인 아니고
가는 길에 잠시 맡았다가 돌려주는 것

삶은 바람의 넋
슬플 것도 기쁠 것도 없다
떠돌다 살아질 뿐이다

이태원에서

침묵이 살갗을 에워싼다
쬐끔씩 비춰대는 햇살 틈으로
기억 속에서 잊혀가는
체온의 온기

살결 에이는 바람 소리
햇살 발자국만 가득하고
아우성치다 사라진
그 이름만 남아있으니

소리쳐 못 불렀고
삭여내지 못한
뼈만 남은
네 삶
새 천지 지키는 자리

이승에서 찾아 헤맨 날
이태원 백아흔다섯 넋*
이국 청춘 토악질하던 골목에서
신원伸寃 못 한 영혼
아직 한강 구천 떠돌겠네

*2022년 10월 29일㈜ 서울시 용산구 이태원동 이태원에서 핼러
윈 축제로 사망한 젊은이 수

노랑 리본을 위하여

오랜 세월 지나도
울컥거리는 마음
발을 동동 구르기만

소리쳐 보지만 잡아주는 이 없고
거센 물결 속에 하나 둘
숨소리는 약해졌다

아우성치는 시간
바다는 자비를 몰랐다

벌써 잊었는가
희미해지는 그날
전라남도 진도군 앞바다
304명을 남태평양으로 쓰러 간 파도
그 많던 노란 꽃이파리 하나 남기지 않은
잔인한 바다
그러고도 푸르기만 하면 되는가
바다는 올 줄 모르는가
저 세찬 파도 소리!

임진강

쉼 없이 흐르는 물줄기
남북이 하나 되자고
이른 해를 흐르고 있네

지나간 세월 모진 역사
물굽이에 감추었구나

감춰진 꿈은
통일의 둑에 으악새로 무성하고

먼 훗날 다시 돌아오리라며
손을 흔든다

그날의 붉은 노을
그대로 걸린 나뭇가지

아 임진강
너 서러운 우리의 강아

2부

송파구 연가

지하철 청소 아줌마 동대문 옷집 가게 아가씨
신촌을, 홍대 앞을
겁나게 누비던 하의실종 아이돌
빌딩 유리 벽에 폼 잡고
우르르 몰려와 봄날 오기 자극하는 거리

바람 불어 좋은 날 송파대로로 가자

석촌호수 속으로
메마른 세상 촉촉이 밝히던 겹벚꽃 곤두박질친다
이곳저곳 둘러봐도 차림새에 부자 가난뱅이 있는지
자유 평등이다

몽당치마 내복바지 그 뭐라던가 알몸이 싱그러운 몸뻬이
그 가랑이 새로 4월 봄바람 분다
'연분홍 치마가 봄바람에' 그건 저 고릿적 야기
방탄소년 헤어스타일 껑충껑충 춤사위
아프리카 수입품이면 어때
바람 불어 좋은 날 사쿠라 잎처럼 날려 방년 열여덟
123 롯데빌딩 한강 보며 윙크하는 춘사월

바람 불어 외로운 날이면 송파대로로 가자
바람 불어 친구가 그립거든 석촌호수로 가자

지하철 청소 아줌마 동대문 옷집 가게 아가씨
신촌을, 홍대 앞을
겁나게 누비던 하의실종 아이돌
빌딩 유리 벽에 폼 잡고
우르르 몰려와 봄날 오기 자극하는 거리

짝이 그리워 몸살 나는 주말에는
송파대로로 가자
아차산 지나온 햇살이 네 등짝 데우고
한강 바람
네 사타구닐 헤집고
히히 바보야
봄바람 타고 BTS 소년 만나는 거리로 가자

송파구 연가 1
—석촌호수

입춘이 문지방을 넘으려
망을 보고 있다
태양이 눈 비비는 사이
지겹던 겨울바람 떠난 롯데타워
봄볕에 조을고

뭐? '세월이 유수와 같다'고?

석촌호수가 언제 흐르던가
송파구의 세월은
언제나 설레는 봄날

송파구 연가 2
―벚꽃 향기

분수는
하얀 물줄기 뿜어내고
벚꽃은 바람 유혹한다

꽃망울 향기
네 발걸음
붙잡고

향기 따라
살랑이는 바람
그 길 너랑 걷는다면
바람이 샘할까
호수가 샘할까

송파구 연가 3
—송파구 보래구름

빌딩 사이 유리벽에
늦가을 바람 몰아치면
작아지는 사람들
좁아지는 송파대로

석촌호수 알몸
롯데월드 123 볕이 데운다
속살 데운 벚나무는
"아이 부끄러워" 낯 붉히고

숨죽인 호수
몇 마리 청둥오리
동짓달 적요를 쫓고

백제 하늘 날던
보래구름
송파대로 엿본다

송파구 연가 4
―몽촌토성 봄

휘어진 등 너머로
봄빛은 쏟아져 내리고

세상은
새싹의 아우성으로 소동이 났네

몽촌토성
내일 비 내려
벚꽃 더 흐트러지면
난 어쩌나

저 바람 부는 날 몽촌토성
누가 감당할까

잠실역

구두 굽 소리
"아악"
"잠시만요"
소리 지르는 휴대전화

"전화 받으세요!"

안 받고 싶어 안 받냐
달아난 발을 찾는다
다행이다
밀어주는 엉덩이 힘 덕에
운 좋게 빨리 원위치!

"오늘도 행복하세요"

어르신 카드 단말기
그래서 동방 예의지국

잠실역은
아전이 드나드는 역이 아니다

백제 고분에서

오월 햇살 머리에 이고
단풍나무 잎사귀 푸른 한나절
백제 고분으로 갈 거나

여인들은 숨죽이고
치맛자락 여미기 바쁜데
크나큰 무덤 혼자 외롭다

세월이 흘러 묘석 세우고
그 이름 덕에
번듯한 마을 이루어
아파트가 아방궁인데
고분은 외롭다
시제時祭 하나 없다

오월 햇살 머리에 인
백제 고분
송파구 여인들 웃음으로
햇살만 즐겁다

별

서울로 모여드는 사람들
지하철에 몸 맡기고
별들은 아무 말 없이
높디높은 아파트 옥상에 내려
반짝반짝 즈들끼리 말 많다

나는 동화책에 눈을 돌린다

거기 다른 별이
뜨기 때문이다

올림픽공원 은행나무

막바지 겨울을 잊지 않으려
공원에 들렀다

간간이 비추는 햇살에
고개를 삐쭉 내밀어
살결을 데운
육백 년 산 은행나무
지난겨울도 무고하네

늙은 목피에 눌러앉은 봄바람
하늘거리는 나뭇잎으로
가끔씩 소식 전하지만
반응 없는 스킨십

공원 한편에 터 잡아
도시 유목민 설움 달래주며

앙상한 긴 그늘
너는 혼자
나도 혼자
우린 싱글의 짝패
송파구 연가나 부르자

눈 내리는 송파의 밤

카페라떼의 속삭임
밤눈 내리는 백제고분

스멀스멀 깊어 가는 메트로폴리탄
창이 닫힌 거리

역사의 무게만큼이나 무거운 몽촌토성 본진에서
밤을 설친다
롯데타워 화려한 불빛 때문이다

몇 세기 되돌아온
후백제 사람들
백 층으로 올라와
와와
내 어깨에 올라타 소리 지른다

눈 내리는 겨울밤은 역사가 없다

눈 내리는 송파구의 밤은
백제가
눈으로 내리는 시간 증발의 새 고향

3부

내 안에 피는 꽃

겨울이 정작 순진했네
봄은 사내 꼬시고 돌아서는
강남역
가시내

내 안에 피는 꽃

너를 처음 바라본 순간
네 이름 내 안에 물들었다

꽃잎으로 수놓은
네 모습

알고 있었지
나의 꽃인 줄

머어―ㄴ 길에서부터 다가와
눈을 마주하며

입술과 볼에
문지르고 부비니

네 꽃잎 위에
나는
다시 태어난다

어려운 망각

꽃, 꽃, 꽃
그렇게 힘들게 피었는데
지는 건 순간
네 모습 바라볼 새 없고
임 생각할 틈 없는 눈 깜짝할 사이

잊는 것이 그렇게
황홀한 순간이라면

머얼리서 웃는 그대
그대는 산 넘어가네

잊는 건 눈물 흘리는 것
한―참 가야
잊겠지

풍란風蘭

벼랑 끝 바위에 매달려 목숨 부지하고
간간이 숨 몰아쉬면서
눈물 콧물 다 쏟고
모진 바람 팔 벌려 막고
꽃 몽우리 없이
무병장생無病長生

산발 차림에
향기 숨기고
남들 앞에 나서기 수줍어
바닷바람 쐬고
서로 마주 안으며
얼굴 가리려 바위에 숨었지

잘근잘근 씹어도
아무 맛없다

운 좋으면 베란다로
응석받아주는 귀한 몸으로

이 한세상 바람 하나 벗하여도 살아갈 수 있지
욕심 사나운 나랑 달리

봄

하늘거리는 아낙네 봄 치마
가슴골에 스며드는 봄바람
속살이 간지럽다

아지랑이 헤집고 날아오는
라일락 향기
바장이는 봄나들이

새싹 밀어 올리는
얄미운 봄비
배반의 계절

겨울이 정작 순진했네
봄은 사내 꼬시고 돌아서는
강남역
가시내

쓸쓸함이 전부가 아니다

잠시 쉬어가 보자
뒤를 돌아보면
지내온 거리가 절벽으로 일어선다

풀꽃 한 떨기 피었다지는 사연
알아차리면
그 자리에 놔두고 돌아와야 한다
꽃이 피고 지는 것은 하느님의 뜻이다

어제까지 쓰던 자리
언제나 그 자리는 있기 마련

쓸쓸함이 전부가 아닌 것을
오늘은
그 자리에 앉아 너를
영접하노니

행복한 세상

한밤중에 정원을
혼자 거닌다
꿈속에 만났던
온갖 것들이
서로 손짓하며
나를 부른다

오늘
한밤중에는
별 정거장에
해와 달과 만나
그래도 행복한 인간 세상 자랑하련다

봄 정령

베란다 한편
화분에
해가 힐끔
볕을 들여놓고 간 날

나비 한 마리
깃털처럼 날아들었는데
보이지 않네
너무 이른 나들이였나 보다

봄을 기다리는
정령
내일 한나절 다시 기다려 볼까

나비 데불고
봄 냄새 묻히고 올까

이별

—아카시아에게

바람결에 암내 날리는
하얀 아카시아

5월 훈풍에 향기 날리는
과수원 하굣길

야채김밥 한 줄로
허기 달랠 때

꽃잎 찢으며
수런거리던 바람

여름 앞잡이

이제
그 향기 모순 남기고
길손으로 떠나라
나 또한 떠나리라

회상

땅거미 다가오는 나지막한 마실
나른나른 저물고

넓은 하늘
바람개비 따라 솔개 돌고

뜰 안 암탉
제 그림자 쫓고
눈알 대록대록

수탉 벼슬
해를 삼켜 더 붉던
내 고향

백석의 배반
―길상사에서

나뭇잎이 바람결에
하나 둘 갈 곳 없이 뒹군다

바람 소리 숨죽인 경내
구부러진 길 언저리

어느 스님의 미련인가
귓전을 맴도는 염불 소리

뒤돌아서 눈 감고
혼자서 말없이 멈춰선다

이곳저곳을 몇 바퀴 맴돌다가
돌에 새겨진 길상화가
눈을 맞춘다

손을 모아 합장하니
해도 기울고
자야도 어둠 속에 묻힌다

오늘 밤 백석은
자야子夜 몰래 신경新京행
하루카를 타러 가는 길이다

돌아오지 않은 시간
―도솔사 계곡에서

지내온 날
발자취 오간 데 없고

굽어져 가는 등 뒤엔
식은땀만 흐르네

바위 틈새 흐르는 옹달샘
하루해 저무는 도솔사 계곡

모닥불 피워 태운 추억
한 마당 웃음으로 살아난다

시간은 돌아오지 않아도
가슴팍에 묻었던 산사 정담

산까치로 나르네
한 줄기 바람으로 흐르네
도솔사 비탈길에 흐르네

몽돌 하나

머얼리 보이는 모래사장 끝
아무도 돌아보지 않는 몽돌 하나
이적지 보지 못한
곱디곱게 물무늬
까맣게 보낸 세월
철썩이는 파도 소리

오석 몽돌
떠나온 별나라
오늘은 파도와 정담을 나눈다

공간이 시간에 갇힌
우주 한 조각

가을 바람결에

귀또리 울음소리 멀어지고
울던 매미
날개를 접는다

푸른 숲길 누런 잎
나그네 발걸음 재촉하고

겨울이
자리 펼
가을 들녘
구절초 향기 가득하구나

가을바람
저 숨 가쁜 소리
또 세월 한 자락
낙엽 따라 흘러가네

단짝

잠시도 잊어보지 않았네
냇물에 미역감고
물수제비 날리던 세월

징검다리 건너면
고운 무지개 비단옷 입혀주었지
늦가을
하얗게 무서리 내리고
음산한 바람 부는 날에도

아침 햇살에 눈물처럼
두 눈 반짝거린 단짝

헤어질 운명인지 몰랐지만
영원한 짝패 아니더냐
흰 머리카락 날라도
먼 하늘가 어데서
하마 내 이름 부르겠지

네 품에 얼굴을 묻고

따스한 햇볕 아래
간간이 스쳐 지나가는 솔바람

살며시 얼굴 돌리고
여기저기 집적이다가

너에게 달려가
가슴 헤치고 묻고 싶다

스쳐 가는 바람결에
헤어진 사람들 안부 묻고

귓전에 들리던 목소리 멀어지고
아득한 네 그림자

잠시 너와 뺨 부비며
내 방언方言으로 너를 사랑하고 싶어라

꽃이더라

처음 본 순간부터
그대로 꽃이었지

연꽃 위에 살포시
멍울진 너를 바라보니
수액으로 흐르고 흘러
드디어 내게도 흐르는
네 체액

햇살 마주하며
그림자 드리워질 때까지

사라지는 모습이 아쉬워
지는 해를 붙잡으려
잠시 눈을 감는다

어둠 속 너의 수줍은 미소
눈 숲에서 탄다

꽃이더라
모두가 꽃이더라

파도

눈 내리는 겨울 동해안
파도는 먼바다에서 달려와

내게 산호초 사는 내력 조잘대다가
썰물로 돌아간다

수평선 맨 끝머리
하나 되는 모습 응시하며

하얀 물거품으로 출렁이는
바다의 속삭임
그 방언 누가 알까

깊디깊은 바다의 속내는
너울로 출렁이지만
알고 모를 인간사는
파도도 없다

4부

덕산 오일 장날

까무러치는 새싹들의 이우성이
아버지 등 뒤로
가물가물 떠오르고 그려지는
어머니의 형상 그리매

덕산* 오일 장날

등 너머 재당숙 닭 팔러 왔다가
울 엄마 만나
쌓인 얘기
시장 바닥에 늘어놓는
덕산 오일 장날은
칠촌이 삼촌 되는 잔칫날

빈 바구니 하나씩 손에 든 장꾼들
어디선가
"한 켤레 오백 원 단돈 오백 원" 소리 따라
앞다투어 모여들었다가 흩어지는 파장

울 엄마 때 묻은 치마폭
땅거미로 밟힙니다

*덕산: 충청남도 예산군 덕산면 지명

어머니의 별

우리 곁을 떠나
하늘의 어느 별빛으로 반짝이다가
덕산면 별 되었네

가족 이름 하나 하나 부르고
초저녁 별로 뜨셨네

하늘 주소 몇 번지냐고
불러도
당신은 음속에 묻혀가고

손짓으로 흔적 더듬다가
돌아서서 소매 끝 잡습니다

어머니—
아들 목소리 들리시거든

별나라 행복 소식 전해주세요
여기는 꽃 지고 잎 피는
푸른 5월이랍니다

별나라에 보내는 기별

집 앞
오동나무 자줏빛 향기
한여름 어머니 지키더니
주인 잃은 큰 덩치
가을바람에
몸을 으스스 떱니다

다정한 이름
잊지 않으려는 안간힘 때문입니다

바람은 어머니 음성 삼키고
음성은 어머니 발자국으로
채전菜田 밭길 걸어옵니다

밭둑길 덮는
하이얀 구절초야
별이 되신 어머니 만나거든
그 향기로 내 소식
어머니께 전해주렴

구름 타고 바람 타고
오늘 밤 별나라에 가거든

굴뚝

장작 밀어 넣어
가마솥에 밥 짓고

굴뚝 연기 자욱한
그림자 떨어지는 산골 초가

담장도 대문도 쓸려가고
굴뚝이 우두커니 집을 지킨다

쓰러져 가는 아궁이
고개 내밀어
이리저리 흔들어 본다
어머니가 차려주는 밥상
허기진 배를 달랜다

유년시절幼年時節
부엌문 열기만 바라보다
어느덧 잠이 들어버린 아이

지금도 어머니는
꿈속 잠든 나를 바라보신다
한참 동안 바라보다가
한 움큼 가슴 적시며

온전히 남은 굴뚝 바라보다
해 떨어질 무렵
돌리는 발길 천근이다

동백꽃

온종일 비는 내리고

떨어지는 동백꽃 마당 가득 물들이는데
어머니는 눈만 깜박이십니다

'어머니
동백꽃은 언제 쓸어 담으실는지요'

떨어져도 그저 바라보기만 한 동백
시집올 때 그 동백나무
이제 마을을 지킵니다

물고 엮은 동백 목걸이 목에 걸고
그 양반 좋아라
새 각시로 웃던 동백꽃 어머니

함께한 세상
흑백사진 들여다보며
묶어둔 새색시 어머니의 시간

얼굴 붉은 동백
오늘은
새색시 적 어머니로 웃습니다

고향 집에서

햇살 넘는 산 저쪽

산나물 뜯던 어머니
앞치마에 가득 담고
허리 펴고 하마
내 이름 불러줄 듯

'어머니' 향해
귀 기울여 보지만
그 먼 나라에서 오셔서 명부에 닿지 못해
뜰 앞 목련으로
대답인 듯 이렇게 뚝뚝 떨어진다

손잡아 보고 싶어라

아직은 어스름한 저녁
당신의 치마폭이 닳던
대청마루

삼경三更이 곧 되어가니
당신의 아들 이름 불러줄 것 같아
잠자리를 설칩니다

팔봉산

아버지의 얼굴에 불던 겨울
팔봉산 겨울 차디찬 바람

아버지만 바라보시다가
눈을 감아 버린 어머니

아버지는 빈 바닥에 주저앉아
안경을 한 손에 움켜쥐신 채
아무 말 없이 허공만 응시하십니다

그날부터
나는 어머니를 만나지 못했습니다
팔봉산 신령이 어데론가 데려가 버렸습니다

환청

춘분이 지났는데
목줄기 휘감는 바람

먼 곳에서 울리는
전화벨 소리

올해도 당신이
심어둔 손길 닿았던 목련 나무에
마당 가득 꽃이 피어났습니다
나를 반긴다

목련 나뭇가지가 흔들리면
"애비야, 오느라 고생했다"
환청으로 들려옵니다

차가운 바람은 나를 휘감고
떠나지 못하는 고택故宅에서
목련 나무를 밟습니다

고택故宅에 와서

멍하니 있다가
지나가는 구름을 잠시 바라보다가
그만
고개를 흔들고 맙니다

텅 빈 마음 메우려
집 주위를 서성이는데
당신이 심어놓은 꽃
눈을 맞춥니다

당신의 따뜻한 눈길
어디에도 비치지 않고
말 없는 빛바랜 사진만 벽을 채웁니다
왕복표 없는 그 길 왜 그리 빨리 가시었나요?

채전 밭일하신 것 같고
금방이라도 달려오셔서
'애비왔냐'며 내 손 덥석 잡을 것 같아
고택 문 앞만 서성입니다

아버지 등 뒤엔

피어난 새싹이
봄소식을 전하는 날
아버지는 산마루에 걸려있는
진 해시계로 시간을 잽니다

밭고랑을 일구시다 밭은 숨을 내쉬며
툇마루에 걸터앉은 아버지
손등엔 굵다란 힘줄이 손을 잡고
이마의 두어 줄 주름살은 마냥 깊어만 갑니다

먼 산 바라기
안경 너머 눈매가
오늘도 어머니를 마중 갑니다

휘어져 가는 아버지의 등 너머
봄빛은 쏟아져 내리고

까무러치는 새싹들의 이우성이
아버지 등 뒤로
가물가물 떠오르고 그려지는
어머니의 형상 그리매

흔적

어머니와 헤어진 시간
머언 시간인 줄 알고
잠시 잠을 잤나 봅니다

손길이 닿았던 이곳저곳
시간이 흘러도
기억은 머물다가
수시로 회오리치고

한치 뒤도 돌아보지 않고
돌아선 매정한 발걸음

당신의 속살, 아들은
당신의 흔적으로 내일이 아득합니다

귀가

텅 빈 마음 채우려
꺼내든 사진
멈춰버린 시간
옥색 명주 목도리

어머니 좁은 어깨
덥석 안은
스물넷

"충성, 군복무 마치고 돌아왔습니다"

애미의 아들
환생 동행

꿈이구나

아내 바보

아버지는 방바닥에 주저앉아
안경을 한 손에 움켜쥔 채
아무 말 없이 허공을 응시하십니다

아버지의 그림자로 살다가
눈을 감아 버린 어머니
그날부터
아버지는 실성을 하였습니다

묘지에 앉아
혼자 주고받는 말
해가 지면
아버지만 보이는 사람
내일 오마고 인사합니다

아버지의 얼굴을 뒤덮은
저 저승 검버섯에 흐르는 눈물
누가 닦을까요

밥상

가로등이 켜지는 저녁 퇴근길
맞이할 어머니 밥상
발걸음을 재촉합니다

다정한 목소리에
부딪히는 젓가락 소리
차고 넘치는 가족의 온기

별이 된 어머니
저녁 밥상은 속삭임이 가득하고
밤바람이 엿듣고 눈웃음칩니다

귓전에 선명히 들려오는
목소리에 뒤돌아본 세월
어느새
나도 어머니 나이가 되었습니다

이제 정성 모아
어머니 밥상 차렸는데
당신은 너무너무 멀리 계십니다

『내 안에 피는 꽃』에 나타나는 네 풍경

오양호(吳養鎬) 문학평론가

해설

『내 안에 피는 꽃』에
나타나는 네 풍경

오양호(吳養鎬) 문학평론가

『내 안에 피는 꽃』은 4부로 구성되어 있다.

1부 '일상의 길'은 '사소하고 하찮은 존재'들이 자주 시제로 등장한다. '8자字', '빨래', '김치', '반려견', '주소이전' 등은 시의 소재로는 부적절한 감을 준다. 그러나 이런 소재를 〈8자〉는 훌륭히 소화하고 있다. 2부 '송파구 연가'는 송파구 지역의 특징을 장소성으로 굴절시키는 기법이 남다르다. 가령 〈바람 불어 좋은 날 송파대로로 오세요〉는 송파구의 역동적인 모습을 재치 있게 부조시키는 것이 그렇다. 3부 '내 안에 피는 꽃'은 자연과의 친연성이 시의 격을 높인다. 군이 말하면 "풀꽃 한 떨기 피었다가 지는 사연/ 알아차리면/ 그 자리에 놔두고 돌아와야 한다"와 같은 구절은 만물이 상생相生의 관계임을 돌올하게 형상화한다. 4부 '덕산 오일 장날'은 시인의 고향이 어머니와 아버지의 이미지로 환생한다. 그런데 그런 과거지향적 회고의 사유가 2부 송파구 연가와 호응하면서 현대 도시인의 복잡한 심리를 입체화시킨다.

1부 일상의 길

시인 이원우는 키가 커서 인성이 더 여유로워 보인다. 그는 여느 시인들처럼 작품 활동을 열심히 하여 그걸 인정받으려 애를 태우거나, 시재詩才를 뽐내는 시집을 다투어 출판하려 하지 않는다. 이순을 지나 시집을 내는 것이 그렇다. 그의 고향 기질을 닮았다. 그러나 그의 시는 세월을 발밤발밤 밟아온 연치가 삶의 이치를 꿰뚫는다.

놀라운 말
'8'
넘어서도 일어서니
신기하네

하나로 어울려
그대로 살아가니

인생이 본래 그런 것인가
떠돌고 다투다가
잠시 머물다 가는 '8'자
그래서 '팔자'지

오뚜기 이복동생

—「8자字」 전문

　인간의 운명, 팔자를 '8자'에 비유하고 그것을 오뚜기
로 인식하는 것이 신이新異하다. 시인의 눈이라고 보통 사
람이 못 보는 것을 보는 것은 아니다. 보는 것은 누구나
같으나 다르게 본다. 한 알의 모래에서 세계를 보고 한
포기 들꽃 속에 천국을 보는 그런 눈이다. 이원우는 '8
자'를 엎어지고 넘어져도 늘 다시 일어서는 불패의 존재,
오뚜기로 인식한다. 오뚜기의 그런 불굴의 자세는, 절망
속에서도 희망을 잃지 않고 곧 행복이 도래하리라고 믿
는 인간의 그 모순의 운명을 압축한다. 인간의 이런 역설
을 실존주의는 유식하게 부조리不條理Absurd라 했는데
이원우는 그냥 슬쩍 '8자'라 한다. '8'을 음차용音借用하여
'사람 팔자'로 삶의 진리를 기발하게 해명한다.
　이원우의 시 세계는 긍정의 세계다. 속으면서도 열심
히 사는 그 선량한 시정인市井人의 삶이 작품 세계를 형성
한다.

빛을 마주 보며
일상을 시작하는 시간

누군가에게 건네는 말이
대답 없는 소리가 되어도
목마름을 달래며
마냥 길을 걷습니다

—「일상의 길」에서

시의 화자는 시인의 대리자인데 이원우 시의 화자는 착
하기만 하다. 건네는 말이 무시당해도 그 몰인정에 개의
치 않고 마음을 달래며 자기 길을 간다. 그 길은 빛을 향
해 열려있고 때로는 그 길에서 목이 마르나 그래도 열심
히 간다. 최선을 다해 자기 생활을 꾸려야 하기에 지쳐
있다. 그러나 세상을 탓하거나 서러우나 좌절하지 않는
다. '8자'처럼 일어선다.

9월이 왔다
아스팔트 녹이고 가로수 잎 태우던
눈치 없고 질긴 8월이 가고
9월이 오롯이 왔다

9월에는 꿈만 꾸어야 한다
낮은 돌담에 싸인 초가 두 채
마구간에 살찐 누렁소

해 질 녘 산그늘 내리면
검은 눈 껌뻑이며 울던 음매~
그 긴 울음으로 마감해야 한다

노마딩걸들이 부산히 지하철을 오르내리는
날마다 낯선
이 몰인정한 공화국 시민은
꿈만 꾸어야 한다

9월이 서러운 것은
몽촌토성 위 푸른 하늘 때문이 아니라
새로운 풀밭을 찾아 길을 나서야 하는 노마드 삶 때문이다

―「서러운 9월」 전문

이 시의 화자는 대처의 삶이 너무 힘들다. 그래서 아직
도 농경사회의 흔적이 전설처럼 남아있는 저 아득한 고
향의 안일을 꿈꾼다. 넓은 들녘 끝, 누렁소가 짝을 찾
아 음매 하며 울음 우는 곳, 송사리 떼 몰려다니는 개
울, 그걸 엿보는 두루미 훌쩍 날고 흰 구름 산등성이 넘
는 여유로운 농촌, 아직 농경사회의 정서가 밴 넉넉한 삶
을 꿈꾼다. 그러나 시적 자아의 현실은 노마딩글Nomad
Single, 하루하루가 바쁘다.
이 시는 지역 출신으로 서울 시민으로 사는 사람들의

바쁜 일상의 한 표집의 묘사로 읽힌다. 지금 시인이 사는 송파구는 이른바 강남 3구의 하나로 한국을 대표하는 생기 넘치는 지역이다. 세계 속에 한국의 위상을 확인시키는 올림픽 공원이며, 자본주의의 온갖 이점을 누리는 서울 공화국의 본정통이다. 유유히 흐르는 한강을 조망하며 뚝섬 벌이며 아차산의 운치를 내려다볼 수 있는 롯데타워의 위용이 그렇다. 그래서 모두가 부러워하여 진입을 노린다.

지금 송파구엔 가는 곳마다 사람들이 미어터진다. 서울의 번영을 저마다 체험해보겠다고, 거기에 외국의 가사노동자는 코리안 드림을 안고 몰려든다. 이 시의 화자는 그런 공화국의 시민이다. 그러나 자칫하면 시민 자격이 상실된다. 현실이 언제나 꿈을 삼킬 수 있는 세상인 까닭이다. 그 나라의 시민은 8월처럼 뜨겁게 살아야 살아남는다. 그래서 느리고 눈치 없는 8월이 오히려 좋다. 9월은 빠르고, 그 푸른 하늘은 잠깐, 유목민이 철 따라 새로운 풀밭은 찾아 나서듯 생활을 잡도리하며 겨울을 준비해야 하기 때문이다.

2부 송파구 연가

2부 '송파구 연가'는 송파구의 장소성을 지역문학으로 돋을새김한다. 지역문학은, 지역의 구체적 현실에 뿌리를 내린 실천문학으로, 국가 체제의 위세를 부리며 중앙, 주류 담론과 길항하며 지역을 세계 이해의 중심으로 삼는 지역 중심주의 문학이다. 지역문학은 작가의 태생이나 소속과 관계없이 지역이 잘되는 길을 문화담론으로 수행한다. 그런데 송파구는 지리상으로는 수도 서울의 외곽이나 경제적으로는 중앙이다. 이런 점에서 송파지역문학은 서울의 중앙 주류 담론이나 다름없다.

이원우는 송파지역 문화 현장 관리에 영일이 없다. 송파문인협회를 이끌고, 대재벌이 또 하나 새롭게 자리를 편 상업문화 현장에서 자칫 속물사회로 전환될 그 사회의 문화기획자로 활동한다. 그것이 눈에 확 뜨이지 않는 문학을 통한 활동이지만 지역 사회의 양질문화환경 조성을 이끈다. 서울시 25개 구 가운데 유일하게, 송파지역의 문예지 〈한글문학〉과 협력하여 '한글날 기념행사'를 벌리고, 철마다 〈한글문학〉을 도와 시낭송회를 개최하여 문학을 통해 상업지역이 자칫 놓치기 쉬운 순수 예술의 축을 형성해 그 속기俗氣를 중화시킨다.

석촌호수 속으로
메마른 세상 촉촉이 밝히던 겹벚꽃 곤두박질친다
이곳저곳 둘러봐도 차림새에 부자 가난뱅이 있는지
자유 평등이다

몽당치마 내복바지 그 뭐라던가 알몸이 싱그러운 몸빼이
그 가랑이 새로 4월 봄바람 분다

'연분홍 치마가 봄바람에' 그건 저 고릿적 야기
방탄소년 헤어스타일 껑충껑충 춤사위
아프리카 수입품이면 어때
바람 불어 좋은 날 사쿠라잎처럼 날려 방년 열여덟
123 롯데빌딩 한강 보고 윙크하는 춘사월

바람 불어 외로운 날이면 송파대로로 가자
바람 불어 친구가 그립거든 석촌호수로 가자

지하철 청소 아줌마 동대문 옷집 가게 아가씨
신촌을, 홍대 앞을
겁나게 누비던 하의실종 아이돌
빌딩 유리 벽에 폼 잡고
우르르 몰려와 남자 오기 자극하는 거리

짝이 그리워 몸살 나는 주말에는
송파대로로 가자
아차산 지나온 햇살이 네 등짝 데우고
한강 바람
네 사타구닐 헤집고
히히 바보야
봄바람 타고 BTS 소년 만나는 거리로 가자

—「바람 불어 좋은 날 송파대로로 가자」 전문

송파구의 밝고, 생기가 넘치는 거리 모습이다. 서울의 강남 3구, 그러니까 서초구가 권위적이고 정적이라면, 강남구는 너무 번화하여 정체성이 없는 것이 정체성이다. 송파구는 서초 강남의 위세를 물리치거나 도전하면서, 또는 맞받아치면서 자본주의의 성채를 독자적으로 쌓아 올린다. 롯데타워는 대재벌의 경제력 과시이자 현대 건축미의 압권이고 송파구 재력의 상징인 것이 그렇다. 송파구는 몽촌토성, 백제 고분의 역사를 뒷배로 삼아 새로우나 너무 되바라지지 않는 문화를 조성해 나가는 신구 합작의 명품 도시다. 이런 점에서 〈바람 불어 좋은 날 송파대로로 가자〉는 송파구의 장소성Sense of Place을 부각하는 송파지역문학으로 그 첫길을 연다.

〈송파구 연가 1〉의 '송파구의 세월은/ 언제나 설레는 봄날', 〈송파구 연가 2〉의 '향기 따라/ 살랑이는 바람/ 그 길 너랑 걷는다면/ 바람이 샘할까.', 〈송파구 연가 4〉의 '몽촌토성/ 내일 비 내려/ 벚꽃 다 흐트러지면/ 난 어쩌나.'가 다 그러하다. 거듭 말하지만 지역문학은 지역을 단위로 지역 잘 되는 길에 이바지하는 인문학이다. 우리의 근대문학이 겪은 바로 보면 이에 대한 공론은 낯설다. 특히 현대에 오면서 급속한 세계화로 지역의 특성이 사라졌다. 그러나 이제 한고비를 넘겼으니 바야흐로 새로운 문화의 패러다임을 형성해야 한다. 이런 때에 이원우의 송파구 연가 등장은 시의적절하다. 더욱 활발한 작품활동으로 송파지역의 문화를 이끌 조짐이 역력하다. 이런 점에서 이 시집은 송파구 문인협회 회장, 이원우의 이름에 값한다.

3부 내 안에 피는 꽃

3부 '내 안에 피는 꽃'에는 돌올한 서정시가 소복하다. 시집의 표제가 된 〈내 안에 피는 꽃〉은 윤회의 정의를 못 잊는 사랑의 숭고미가 행간을 지배한다. 살아생전 입술과 볼을 문지르고 부비며 나눈 그 정분이 이제 '네 꽃잎 위에 다시 태어나는 사유'가 그러하다. 이런 윤회의 철리는 '도솔사 계곡에서'라는 부제가 붙은 〈돌아오지 않는 시간〉에서도 핍진하게 형상화된다. '산까치로 나르네/ 한 줄기 바람으로 흐르네/ 도솔사 비탈길에 흐르네'는 인생만사 운행 진리가 윤회라는 말이다. 모든 것이 '나르고, 흐르고, 흐른다.'는 것이다. 인생 수업의 한 돈오점수頓悟漸修라 할까. 시인의 연치에 값하는 사유다.

어느 스님의 미련인가
귓전을 맴도는 염불 소리

뒤돌아서 눈감고
혼자서 말없이 멈춰선다

이곳저곳을 몇 바퀴 맴돌다가
돌에 새겨진 길상화가
눈을 맞춘다

—「백석의 배반—길상사에서」에서

　인생론적 사유가 압축된 작품이다. 윤회의 철리로 승화한 애정의 한 권화로 읽힌다. 왜 그런가. '어느 스님의 미련인가'. '길상화' 같은 어휘, 곧 시인 백석과 기생 '자야子夜'의 러브스토리를 호출하는 의미 때문이다. 백석과 자야의 연애담은 너무나 유명하여 지금도 인구人口에 회자膾炙되며 논픽션으로 화제가 된 바도 있다(金子夜『내 사랑 백석』 문학동네. 1995).

　길상사吉祥寺라는 절이 사실은 김자야子夜라는 기생이 1930년대 말, 곧 일제강점기부터 운영하던 경성의 이름난 요정이었는데 한세상 지난 뒤 대원각이 되었다. 그 대원각이 길상사로 다시 태어난 것은 김자야(김영한)가, 노천명이 "모가지가 길어서 슬픈 짐승이여"라 할 만큼 출중한 인물, 백석 시인과 동거하다 백석이 만주로 떠나면서 다하지 못한 사랑을 삭이고 살다가 노년에 불자로 귀의하면서 몇천억 재산을 송광사 말사로 바쳤다. 이에 대한불교 조계종은 자야에게 길상화吉祥華란 법명을 주었고, 그가 죽자 그 독행을 기념하는 길상사가 되었다. 그러니까 〈백석의 배반—길상사에서〉의 이면에는 시인과 기생의 다

하지 못한 애정의 윤회가 깔려있다.

왜 '백석의 배반'인가. 백석은 사랑하는 자야에게 말 한 마디 없이 어느 날 갑자기 부산발 신경新京 행 급행열차 하루카를 타고 신징(新京)으로 떠났고, 거기서 그 어마 무시한 만주국 국무원 경제부 직원이 되었으며 유명한 변호사 딸과 살을 섞었기 때문이다. 그런가 하면 '수박이 열면 수박을 먹으며 팔며/ 감자가 앉으면 감자를 먹으며 팔며/ 까막까치나 두더쥐 돗벌기가 와서 먹으면 먹는 대로 두어두고'《귀농》 평화롭게 살았다. 경성의 자야는 까마득히 잊어버리고. 그래서 '배반'이다.

4부 덕산 오일 장날

이원우의 지역 정서 추출은 송파구만 아니다. 그의 고향에 대한 사유는 송파구 연가와 대립되는 정서로 회감된다.

등 너머 재당숙 닭 팔러 왔다가
울 엄마 만나
쌓인 얘기
장 바닥에 늘어놓는
덕산 오일 장날은
칠촌이 삼촌 되는 잔칫날

빈 바구니 하나씩 손에 든 장꾼들
어디선가
"한 켤레 오백 원 단돈 오백 원" 소리 따라
앞다투어 모여들었다가 흩어지는 파장

—「덕산 오일 장날」에서

가난한 시골 장날 풍경이다. 이 작품에는 국민소득이 백 달러가 안 되던 그 보릿고개의 후일담이 얼마쯤 남아있다. 산 등을 하나 넘어 닭을 팔러 온 재당숙이 반가워 칠촌이 삼촌이 되었다. 재당숙이 삼촌으로 촌수가 당기는데 그것은 인정세태가 행복하기 때문이고, 삶이 쫓기지 않기 때문이다. 5백 원짜리 고무신 한 켤레로도 가장의 소임을 다하는 여유로움, 막걸리 한 사발에 행복을 만끽하는 그 시골 장날 풍경이다. '빌딩 유리 벽에 폼 잡고/ 우르르 몰려와 남자 오기 자극하는 거리', 송파구가 아니다. 자본주의 위력만 대수가 아님을 일깨운다. 시집『내 안에 피는 꽃』은 이런 사람 냄새를 풍기는 고향 풍경이 도회 풍경과 대립하면서 인간주의 시 예술의 소임을 수행한다.

이렇게 4부 작품은 이향 후일담이다. 어머니와 아버지에 대한 그리움이 중심 테마이다. 흔히 '문학이란 고향으로 가는 길이다'라고 말한다. 이 말은 진부한 말이나 늘

새롭다. 많은 문인이 저마다 고향팔이를 하는데 그것이 늘 다르기 때문이다. 이문열도 '그대 다시는 고향에 가지 못하리' 했고, 토마스 울프도 '그대 다시 고향에 못 가리' 했는데 그 고향 회귀 불가는 성격이 다르다. 그러나 고향에 대한 그리움은 같다. 시인 도광의는 『고향은 아무것도 가르쳐 주지 않았다』(개미, 2023)고 했는데, 그 시집은 고향에의 헌사가 주조다.

이원우의 고향애故鄕愛는 현재형이다. 어머니와 아버지에 대한 못다 한 효도가 이순을 넘은 나이에도 어린이처럼 그 품을 그리워하고 있다. 〈동백꽃〉〈어머니 별〉〈굴뚝〉〈환청〉 등이 다 어머니가 모티프다. 동백꽃을 어머니와 등치시키고, 밤하늘에서는 별이 된 어머니를 보고, 심지어 굴뚝에서도 어머니를 만난다. 시인의 아버지는 지금도 고향 뒷산 〈팔봉산〉에 살고, 그 아버지는 〈아내 바보〉다. 이런 아버지를 아들은 잊지 못한다. 죽은 사람에 대한 사모는 갈등이 많은 현실에서 아무 도움이 안 된다. 그런데 이원우는 그렇지 못하다.

연어는 민물에서 태어나고 바다에 가서 자라나 성체가 되면, 그 부모가 산란하고 사정해서 자기를 생산하고 죽은 곳을 찾아간다. 파도를 헤치고 강을 찾아 거슬러 올라가는 험한 길을 목숨을 걸고 감행한다. 굽은 채, 가파른 물길을 뛰어오른다. 곰 같은 짐승에 잡아먹히면서도 용감하게 귀향한다. 어떤 위험이 있어도 기어코 자기가 태어난 곳으로 돌아간다. 거기서 그들의 부모가 그랬듯이

산란과 수정을 한 뒤 죽는다. 이원우의 시에는 연어와 같은 귀향 본능이 독자의 가독력을 자극하려 든다. 왜 그럴까. 아무도 모른다. 그러나 엄숙하고 아름답다. 모든 생명은 자식이 받은 부모의 은공을 자식에게 갚는 것이 불변의 이치이기 때문일 것이다.

내 안에 피는 꽃

이원우 지음

발행처   도서출판 청어
발행인   이영철
영업   이동호
홍보   천성래
기획   육재섭
편집   이설빈
디자인   이수빈 | 김영은
제작이사 공병한
인쇄   두리터

등록   1999년 5월 3일
         (제321-3210000251001999000063호)

1판 1쇄 발행 2025년 2월 5일

주소   서울특별시 서초구 남부순환로 364길 8-15 동일빌딩 2층
대표전화 02-586-0477
팩시밀리 0303-0942-0478
홈페이지 www.chungeobook.com
E-mail   ppi20@hanmail.net

ISBN   979-11-6855-315-6(03810)